PENSÉES ET SOUVENIRS.

Ch. Moreau, imp. à Melle.

PENSÉES ET SOUVENIRS,

Poésies fugitives,

PAR

Hector-Auguste Charpentier.

1843

Offert par l'Auteur à M
1844

PRÉFACE A MES AMIS.

MES CHERS AMIS,

C'est un souvenir d'ami, et non le travail d'un auteur que vous allez lire et juger ; aussi soyez indulgents. Je suis aise que chacun de vous puisse lire le morceau qui lui est offert, c'est l'unique motif qui m'a poussé à livrer ces quelques vers à l'impression. Ma destinée n'est pas d'être poéte ; vous le savez comme moi. Aussi, n'est-ce pas un auteur ordinaire que vous allez lire ; c'est votre auteur,

le vôtre seulement, et non celui du public. Puissent
ces quelques pages être accueillies avec un sentiment
d'amitié semblable à celui qui me fait vous les offrir !
Puissent aussi nos cœurs rester toujours unis par
cette même sympathie qui règne depuis long-temps
parmi nous ! Et, si quelques-uns d'entre vous, n'ont
pas leurs noms écrits sur ces feuilles, ils peuvent
croire qu'ils n'en sont pas moins gravés dans mon
cœur !

A M

HOMMAGE FAIT PAR L'AUTEUR.

CHARPENTIER AUGUSTE.

I.

A M. Victor Hugo.

A M. Victor Hugo.

O toi, nouveau soleil, qui répends sur le monde
Un reflet tout nouveau, plus doux, plus pur que l'onde,
Échauffe dans ton sein le faible enfant naissant;
Deviens son protecteur, son astre bienfaisant;
Car il tremble toujours dans sa demeure sombre,
Quand il n'apperçoit pas ton pur éclat sur l'ombre !

Avec un doux regard, oh ! daigne recevoir
Les faibles chants que seul, il module le soir,
Triste et pensif, assis dans un lieu solitaire,
Sous l'égide d'un nom que rien ne peut lui taire ;
O colosse idéal, de gloire étincelant,
Le nain, cherche un abri dans les bras du géant.

Octobre 1842.

II.

UN ANGE AU CIEL.

*A la mémoire de Léo-Ovide F...., décédé à
l'âge de 4 ans, le 20 novembre 1841.*

Trop semblable à l'objet qui porte nom de rose,
Cher enfant, ta fraîcheur n'a pas pu se ternir ;
Tu n'étais qu'une fleur, bien tendre, à peine éclose,
    Et Dieu vient te cueillir !

Tu meurs.... mais tu verras le doux fils de Marie,
Chaste agneau, dont le sang s'est répandu pour nous ;
Tu verras, à tes pieds, le grand fleuve de vie....
Et les saints, devant Dieu, prosternés à genoux.

Tu meurs... et nous vivons ! étrange destinée !
Lorsque nous te plaignons, tu gagnes le bonheur ;
A nous restent l'ennui, la peine, la durée....
    Le temps dure au malheur ! ! !

20 Novembre 1841.

UNE PROVIDENCE.

A mon ami Emile Graſsin, élève de l'Ecole Polytechnique.

UNE PROVIDENCE.

Enfant ! l'éclair qui brille épouvante ton cœur !
Et le tonnerre, au loin, qui gronde sur ta tête
    Sans doute, te fait peur ?
Tu n'as donc pas d'abri?.. pauvre enfant.. viens.. arrête..
    Crois-moi, ce palais somptueux
    Vers lequel tes pas se dirigent,
Ne s'est jamais ouvert devant les malheureux....
    Rarement les riches obligent
    De pauvre gens au-dessous d'eux.

Tu pleures.. cher enfant.. tu gémis ! ah ! ta mère ?
—N'est plus ! —Oh ! je te plains.. et ton père ? — Il est
                          mort !

IV.

...Intereà, fugit....

Comme l'éclair qui brille, ainsi passent nos jours,
Rien, ici bas, ne peut en arrêter le cours ;
Le jour pousse le mois, le mois pousse l'année,
Comme une fleur, enfin, de sa tige enlevée,
Et d'un soleil ardent exposée aux rayons,
        Mortels, nous périssons....

Novembre 1841.

V.

A des Feuilles sèches.

A des Feuilles sèches.

Chères filles des bois , pauvres feuilles sèchées ,
Vous venez de tomber !... vos tiges dessèchées
Vous abandonnent donc au gré des moindres vents?...
Ne peuvent-elles plus retenir leurs enfants?...

. . . .

    Si vous jonchez la terre ,
Un caprice du vent, vous porte jusqu'aux cieux...
Mais un souffle plus fort, vous pousse, vous attère ,
      Et vous rend en poussière
      Ici, devant nos yeux !

Ce souffle, quel est-il ? celui de ce grand être
Qui joue avec nos jours... lui seul en est le maître...
Il commande ; à sa voix, tout tremble, tout frémit,
Très souvent il pardonne, de même qu'il punit...

Tout ici doit passer, tout doit venir poussière,
C'est ainsi que le veut le Dieu de la lumière,
Le roi de l'univers, arbitre souverain,
Sublime ordonnateur, notre seul suzerain....

Encore est-il des gens, dont la fougue insensée,
Voudrait nous en ôter jusqu'à la moindre idée,
Mais leurs projets sont vains, Dieu règne, il est vainqueur,
Et nous portons sa loi gravée en notre cœur.

Décembre 1841.

VI.

Romance

MEA CULPA.

A mon ami Evariste Sauzeau.

[illegible]

MEA CULPA.

Romance.

Meâ Culpâ !... j'ai péché, prends mon âme !
Dieu de bontés... pardonne mon erreur !
Il m'aimait tant ! je ne suis qu'une femme,
Et je sentais son cœur brûler mon cœur.

Pardonne-moi ! le remords qui m'accable
Doit me laver de mon crime odieux,
Pardonne-moi ! que ton œil ineffable
Reste pour moi miséricordieux !

Meâ culpâ.... j'ai péché, mais encore....
Il m'aimait tant!... il me disait toujours:
« Ange du ciel, je t'aime, je t'adore,
« Et près de toi, je veux passer mes jours! »

Pardonne-moi.... le remords qui m'accab e
Doit me laver de mon crime odieux....
Pardonne-moi.... que ton œil ineffable
Reste pour moi miséricordieux.

Meâ Culpâ.... j'ai péché, mais, mon père,
Je le croyais!... je rêvais le bonheur!
Ah! que ton front ne vienne pas sévère
En me voyant le jouet du malheur!

Pardonne-moi!... le remords qui m'accable,
Doit me laver de mon crime odieux....
Pardonne-moi... que ton œil ineffable
Reste pour moi miséricordieux!...

Décembre 1840.

VII.

LE PUITS D'ENFER.

LE PUITS D'ENFER.

Quels sont donc ces rochers, qu'un crêpe funéraire
        Semble voiler de noir ?
Peut-on, sans crainte, ici, devenir téméraire,
Et chercher à plonger ses regards pour y voir
Un gouffre bouillonnant, aussi noir que la roche
Sur laquelle est son lit ? car, pour peu qu'on s'approche,
On entend un bruit sourd, grondant comme en enfer ;
C'est l'eau que ces vieux rocs ont teinturés de fer. .
Elle coule en torrents le long de la montagne,

En ravins tortueux innonde la campagne ;
Terre, cieux, univers, elle veut tout braver,
Comme un cheval fougueux, qu'on ne saurait dompter...

. . . .

Et l'on voit à l'entour, des terres rocailleuses,
Qu'arrosent en tout temps, ces eaux ferrugineuses....
L'on n'y rencontre point le doux chant d'un oiseau....
Rien n'y croît que des rocs ! que ce spectacle est beau !
Mais, qu'il est triste aussi !... l'onde même est stérile...
Oh ! mais, voyez plus loin.... que la terre est fertile !
Comme tout y respire et fraîcheur et gaieté !
La verdeur y renaît, et reste en sa beauté.,.
L'oiseau vient y chanter... cet endroit de délices
Est fait pour captiver tous nos nombreux caprices,
Et le sort qui voulait nous fixer en ce lieu,
Avait placé ce gouffre entre l'enfer et Dieu.

Oh nature ! à la fois si marâtre et si belle !
Peut-on en te voyant oublier les décrets

De celui qui bâtit un nid à l'hirondelle,
Qui te fertilisant, nous comble de bienfaits ;
Qui fait que chaque jour, la génisse fidèle
Allaite le petit qui pend à sa mamelle !

Ici, les champs sont beaux... tu prodigues les grains,
Ils rapportent beaucoup... et là... croît le ravage...
Une herbe noire y vient si peu, que brins à brins
On pourrait la compter, sur la roche sauvage
Que l'onde en bouillonnant, vient couvrir de ses flots !
   Que l'aspect de ces divers lots
Attenant tous les deux, épouvante les hommes !...
Ici c'est le bonheur, là c'est l'affreux réveil
Des coupables nombreux de la terre où nous sommes :
Car ce gouffre est un monde entre l'homme et le ciel !...

Le spectacle des champs, en ces lieux vous enchaîne,
Humains, vous méditez... vous brisez votre chaîne
Si vous trouvez, vivant, en ce lieu de bonheur,
Un cœur qui tout à vous, peut sentir votre cœur.

Autrefois cheminaient, dans ce lieu de délices ,
Deux cœurs ivres d'amours, mais ; leur bonheur présent,
Devait bientôt céder aux plus faibles caprices
  Du moindre vent !

Qui leur eut dit, pourtant ? dans leur épanchement
Ils s'étaient bien promis une amour éternelle ;
Désormais, tout devait leur paraître tourment,
Leur vie aussi, devait leur paraître moins belle !

Que de projets formés, mais tous formés en vain,
Se sont évanouis comme fait la fumée ;
Ils ont pris leur essor même sans lendemain,
Pour perdre avec l'oiseau, leur vol dans la nuée !

Où sont donc ces deux cœurs ? tous deux vivent encor,
Séparés à jamais , peut-être... une pensée
Les reporte parfois à ces doux rêves d'or
Qu'ils faisaient le matin d'une belle journée !

Terrible souvenir ! il fait verser des pleurs...
Car il rappelle en eux les vanités humaines ,
Et pour combler leurs maux fait ressortir les chaînes
Qui portèrent entre-eux, un siècle de douleurs !

D'un astre qui s'éteint, l'éternité commence ,
Tout fuit ; le siècle aussi !... ce siècle dont l'enfance
Si fertile en trésors , si riche en souvenir,
A passé promptement pour briller et mourir ;

Il nous fuit, comme fuit la rapide hirondelle
Qui paraît un instant, puis part à tire-d'aile
Dès les premiers frimats.... rien ne peut retarder
Son départ ; car, le temps ne saurait s'arrêter.

Le temps aux cheveux blancs, dans sa course rapide ,
Échappe à nos regrets, aussi prompt que l'oiseau,
Que l'aigle en deuil , planant sur la plaine liquide
Pour chercher un tombeau !

Le souvenir aussi s'abîme dans l'absence !
Et, bientôt ces deux cœurs se furent consolés
De l'oubli des serments prononcés dans l'enfance,
Du souvenir promis par leurs cœurs enchantés !

Et vous sites charmants, que ma main chancelante
A tenté d'esquisser dans ces timides vers,
Recevez mes adieux ; car ma muse tremblante
Ne saurait vous chanter dignes de l'univers !

Février 1842.

VIII.

UNE LARME EN SOUVENIR.

UNE LARME EN SOUVENIR.

Tu traversais les mers, pour revoir ta patrie ,
Ami, tu soupirais ; tu demandais ta sœur ,
Il te fallait revoir cette terre chérie
Où tu pensais trouver une âme pour ton cœur.
Tu souhaitais en vain... la main impérieuse
Traçait en traits de feu ta mort mystérieuse ;
Mystérieuse, hélas ! car, dans le gouffre amer
Tu gis sans un tombeau !... jusqu'au fond de la mer
Comment t'aller quérir ! notre âme désolée
Ne peut que te pleurer, car cette onde salée
Enlève à nos regrets tes restes sans vigueur.
Ainsi ce triste adieu qui nous navrait le cœur,
Qui te rendait heureux, a trompé ton courage !

L'onde en grondant, a su préparer un naufrage ;
Tu meurs !... mais, quelle mort ! une mer pour
cercueil !
Oh ! c'est affreux ! mon Dieu ! mettre une sœur en deuil
Au moment où son cœur s'ouvrait à l'espérance ;
Car son frère arrivait du beau sol de la France !

Mais, pourquoi t'accuser, Seigneur ? car tes desseins
Ne sont jamais compris par nous, faibles humains ;
Du sort de notre ami n'étais tu pas le maître ?
Tu l'appelle vers toi, mais tu l'avais fait naître.

Ombre de mon ami, recois ici mes vœux,
Autrefois tu le sais, nous nous aimions tous deux ;
Aujourd'hui je suis seul, et je bénis ta tombe...
Pour toi, plus de douleurs, d'éternité profonde...
L'éternité pour toi, c'est de rester heureux
Dans ton lit de repos... dans l'onde et puis aux cieux !

Mars 1840.

IX.

A LA VIERGE DE LANVILLE.

A LA VIERGE DE LANVILLE.

Prière.

La sagesse, l'amour, la gloire, la puissance,
T'ont prodigué leurs dons, sainte reine des cieux !
Nous sommes tes enfants ! et pleine de clémence,
Jette sur nous, toujours, tes regards radieux !

Chef-d'œuvre du très-haut, dans ta sainte chapelle,
Tu restes pour guérir des malades nombreux,
Qui viennent aux genoux d'une étoile si belle,
Chercher la guérison qui doit combler leurs vœux !

Ces vœux, par toi reçus, mère pleine de charmes,
Sont offerts à ce Dieu si bon pour le mortel ;
Tes yeux brillent de pleurs ! déjà, tes saintes larmes,
Ont fait pencher pour nous, notre juge immortel !

Oh ! mère du pécheur, douce et chaste Marie !
Une larme de toi peut nous rendre nouveaux ;
Un seul regard de toi, peut nous rendre la vie,
Moins qu'un regard de toi, peut abréger nos maux !

Décembre 1841.

X.

UNE FLEUR.

*A mon ami Prosper A..... L..... qui m'avait
demandé des vers.*

UNE FLEUR.

Précieux souvenir de celle que j'adore,
D'un bouquet, sur son sein, sa main t'a détaché!...
Oh! je la vois toujours, je la contemple encore,
Sur mon cœur bondissant, quand sa main t'a placé.

Elle est belle, sans fard, et gracieuse et sage,
   Ravissante d'amour;
D'une vierge des cieux, la véritable image,
   Pure comme un beau jour.

Son front chaste est orné d'une tresse dorée
Que forment ses cheveux ;
Ses longs cils , ses yeux bleus et sa bouche adorée,
La rendent à jamais l'objet de tous mes veux.

Tendre fleur, me venant d'une main aussi chère ,
Si tu pouvais sentir combien je suis heureux...
Si tu pouvais sentir combien je te préfère
Aux roses, à l'œillet... combien m'est précieux
Ce don qui m'est offert, par la main d'une amie...
Oh ! reste sur mon cœur... reste... deviens ma vie.
Reste... rapelle-moi cet instant de bonheur...
Car, elle... c'est mon tout ; elle... c'est ma patrie ;
Elle... c'est mon amour ; c'est mon ange... ma vie

Oh ! dis-moi, douce fleur qui parfumais son sein,
Dis-moi, si son cœur bat, quand mon nom se prononce
Dis-moi... si son amour paraît répondre au mien ?...
Dis-moi... si je dois croire au bonheur que m'anonce
Cette fleur qu'elle a pris aussi près de son cœur ?

Doux ange, chaste enfant, ce pudique langage
      Honore ta candeur...
Comment ne pas chérir celle qui donne un gage,
Symbole de l'amour, offert avec pudeur ?...

Ah ! si ton cœur un jour n'approuvait pas ma flamme,
Créature de Dieu... vierge de Raphaël...
Pourrai-je consentir à t'enlever le ciel
Qui pleurerait ta mort si je perdais ton âme ?...

Oh ! je te fais ici, ce serment solennel ;
Toi seule auras mon cœur, ma pensée et ma vie ;
Et si le destin fait que tu me sois ravie,
Je voudrais, pour tombeau, qu'on t'offrît un autel !..

Décembre 1841.

XI.

Vers écrits sur un Album.

A Mlle Anaïs Debois.

Pour vous, bel avenir, tout rempli d'espérance,
Anaïs, tout souris à votre noble cœur ;
Mais s'il vous vient parfois des souvenirs d'enfance,
Conservez les toujours, c'est un baume au malheur !

Septembre 1842.

XII.

PENSÉES.

A Mlle Félicie M......

A Mademoiselle Félicie M*****

I.

Rêve, oh ! rêve toujours ; crois toujours au bonheur,
Laisse-moi les chagrins, laisse-moi la douleur,
Laisse-moi tout l'ennui d'une vie éphémère,
Laisse-moi supporter seul cette peine amère,
Qui me poursuit partout, m'aiguillonne toujours !
Enfant ! pour toi, les cieux ! pour toi, tous les beaux
                                        jours !
Pour toi... tout du bonheur ! des sphères éternelles

Tu gagneras un jour les palmes immortelles,
Lors qu'après ton réveil de tes rêves d'amour,
Tu passeras d'ici, dans ce divin séjour !...
Mais rêve encor long-temps, rêve au fleuve de vie,
Regarde-le couler sans lui porter envie,
Ne vas pas te lancer dans ses flots de vapeurs,
Car ils roulent la mort en vagues de douleurs !

II.

Tout est déception dans ce monde frivole,
Oh ! qu'il est rare aussi, quand l'amitié console
Des peines, des tourments, dont l'homme est abreuvé !
Ici, la bouche rit, quand l'âme se désole,
L'aspect d'un faux bonheur, cache la vérité...
Trop cruelle à nos yeux avec sa nudité,
Il la faut revêtir d'une belle parure,
La dorer, pour faiblir sa sévère nature,
Pour amoindrir les coups qu'elle porte au malheur...
La vérité sans fard, nous déchire le cœur,
Quand à nos yeux surpris, se montre, dépourvue
De tout espoir d'amour, de paix et de bonheur,
Souvent même de pain, l'humanité déchue !...

Oh ! qu'il est noble alors de soulager leur sort !...
Qu'il est beau de pleurer sur leur tombe... à la mort ;
D'entourer de respects cette demeure sombre ;
Car, c'est là, le bonheur, le repos pour leur ombre...
Mais que tu souffrirais, enfant, si le tableau
S'offrait à tes regards dans l'horreur de son beau !
Tes regards purs, alors, pleins de larmes amères,
Ne pourraient supporter l'aspect de tant de mères ,
De tant d'enfants, souffrant et de froid et de faim ,
Sans asile où pouvoir se reposer demain !...
Ils grelottent.,. tendant une main misérable
Pour recevoir le don qu'une âme charitable
Leur fait au nom du ciel.... ils prient à genoux !...
Regarde-les, mon Dieu ! souffrant.. priant pour nous..
Accorde-leur, un jour, une joie plus durable,
Entoure ces enfants d'un amour ineffable ;
Ces mères , dont l'amour s'accroît, par le malheur ,
Pour leurs fils dont les maux augmentent leur douleur !

. . . .

Que te dirai-je, encor ? à leur heure dernière,
Pas un riche, un ami, n'accompagne leur bière...

Ils meurent !... mais hélas ! dans l'éternel oubli
Ils restent... quand par eux, Dieu nous avait béni !...

III.

Que je voudrais cacher à ton amitié pure,
Le mélange si noir des cœurs !... notre nature
En recevant de Dieu, le don sacré d'aimer,
(Noble don , que jamais on ne doit profaner),
En deux phases d'amour a divisé la vie...
Mais notre amour à nous, c'est la chaste amitié,
C'est l'amour d'une sœur, d'une mère chérie ,
Divin épanchement de notre âme ravie,
Car le cœur a choisi, quand il s'est allié !...
Comme je veux t'aimer, c'est comme aiment les anges,
Comme aime le Seigneur, comme aiment les archanges ;
Mon amour... c'est prier pour mon ange, ma sœur,
Pour celle à qui je dois une âme pour mon cœur !

Arrière vils désirs, dont s'abreuve le monde ,

Ce maître tout-puissant, dont la race féconde
Sait se livrer sans frein au crime déhonté,
Aux vices les plus vils, à la débauche immonde,
    Aux dépends de la chasteté !
Oh ! mais toi, chère enfant, évite la souillure,
Car jusqu'ici toujours ta belle âme fut pure....
Et toi, rampe toujours, vil reptile, serpent....
Oh ! fuis de cette fleur, simple et bel ornement
    De ce jardin, dont la culture
Doit éviter tes dards pour rester belle et pure.
De tes poisons aigus, va, porte ailleurs les coups,
Ou bien, redoute alors l'effet de mon courroux...
Tremble que ton venin n'effleure ma pervenche,
Hypocrite trompeur... crains que de l'avalanche
Qui se heurte en tombant avec un bruit affreux,
Je n'imite sur toi les effets dangereux ;
Car, belle entre les fleurs est pour moi la pervenche ;
Je la regarde aussi comme un présent des cieux !
D'une chaste amitié, doux et chaste symbole,
Évite de laisser toucher à ta corolle
Tout être qui pourrait en ternir la fraîcheur ;
Garde que le serpent ne goûte à ta fraîcheur
Un repos qui n'est dû qu'aux anges.
Toi, qui couvres des morts le funèbre linceuil,
Pervenche, il faut laisser aux mains des seuls archanges
Le droit de te cueillir près du triste cercueil

Où tu vas enlasser ta feuille, toujours verte,
Aux restes des humains, dont la terre et couverte,
Et leur servir ainsi de monument de deuil !
Mais, en étant des morts le protecteur sévère,
Deviens, pour nous, vivants, un ange tutélaire ;
De la chaste amitié sois l'arche de salut,
Et puis pour te cueillir, fleur deux fois salutaire,
Tu verras tous les cœurs voler au même but !...

IV.

Et vous, pauvres enfants, qui n'avez plus de mère,
Priez, priez, pleurez... votre douleur amère,
Est pénible pour vous, pénible à tous les cœurs...
Tous nous avons aimé, nous aimons une mère !...
Tous nous compatissons à vos tristes douleurs !...

V

Oh ! lorsque vous souffrez dans le fonds de vos cœurs,

Que votre âme est brisée ,
Lorsque vous gémissez sur de nouvaux malheurs ;
        Ayez alors une pensée
        Pour celle qui vous mit au jour...
        Songez à votre mère !...
        Ce souvenir calme toujours
        Une douleur amère....

. . . .

Mais , si ce souvenir vous montre le passé
        Sous les couleurs les plus brillantes ,
        S'il rappele un ciel azuré ,
        Des étoiles étincelantes...
S'il vous reporte aux doux instants
        Où votre âme si pure
Donnait à tous vos jeux d'enfants
Un intérêt , tiré du sein de la nature ;
Faites taire un instant ce souvenir heureux,
        Hélas ! trop éphémère,
Puis alors reportez vos regards vers les cieux...
        Songez à votre mère !....

VI.

Et toi qui de bonheur, dès tes plus jeunes ans,
Fus toujours un objet, (prestige salutaire !)
Souviens-toi, chaque jour, des bontés de ta mère ;
Elle t'aime... aime-la. Ses soins les plus ardents
Sont tous pour ton repos, pour ta santé si chère ;
Aime un peu ton ami, chéris beaucoup ta mère,
Et livre-toi sans crainte à leurs épanchements !

VII.

Mais rêve encor long-temps au bonheur de la terre,
Rêve... puisse le ciel
T'accorder un reveil
Qui te cache à jamais l'idéal éphémère
Des rêves du sommeil !...

Février 1842.

XIII.

GEORGE SAND.

(Mme DU DEVANT.)

GEORGE SAND.

Philosophe rêveur, George dans sa manie,
Est femme par le cœur, homme par le génie ;
Sublime en ses écrits, excessive en amour,
Sa plume parle aux yeux, comme à l'âme sa vie,
Où l'idéal au vil se mêle tour à tour.

Janvier 1842.

XIV.

L'ENFANT AUX FLEURS.

L'ENFANT AUX FLEURS.

A MON AMI ÉVARISTE SAUZEAU.

Voyez ce jeune enfant, à l'œil vif, au teint rose,
Qu'il est gentil ainsi ! doucettement bercé
Entre des flots d'amour, voluptueuse rose,
Il badine, en riant au soleil courroucé.

Oh ! tremble, pauvre fleur, la parure qui dore
N'est rien contre les coups de ce soleil ardent ;
Il est jaloux de toi, te fane, et plus encore,
Seulement à ta mort, son cœur sera content.

Ce soleil, est le temps qui passe sur la terre
En moissonneur hardi, qui fauche toute fleur,
La fait vieillir d'abord, dans son vaste parterre,
Et lui donne la mort en la frappant au cœur.

Mais toi, charmant enfant, d'éternelle lumière
Devant ton nom, le temps courbe son front ridé,
Il tremble d'essayer sa fougue meurtrière,
Car ton corps est vivant de toute éternité !...

Tu souris de sa peur, et ne veux pas de grâce ;
Il te frappe, et soudain, enfant mystérieux,
La terre tremble... et tu reparais sur sa face,
Porté sur de l'encens, et regagnant les cieux !

Avril 1842.

XV

FEMME!!

FEMME!!

Femme! pour toi des fleurs, c'est chose bien fragile!
Ah ! s'il m'était permis ainsi qu'à l'aigle agile,
Jusqu'au trône de Dieu, de prendre mon essor ;
Oui, je voudrais pour toi , le vrai des rêves d'or ;
Aussi, je te voudrais éternité sur terre,
Et pouvoir te montrer au coucher du soleil,
Le reflet éclatant de ton étoile au ciel....
Plante que Dieu créa pour orner son parterre,

Et pour montrer aussi tes charmes gracieux ,
Laisse-nous, en passant, respirer l'ambroisie
Qui parfume toujours ta corolle chérie ;
Et puis, vierge d'amour, porte ton âme aux cieux !

Je suis à tes genoux, charmante créature ;
Ange du ciel, deviens pour moi l'ange d'amour ;
Daigne écouter mes vœux, toi qui dans la nature
Brille de tout l'éclat du roi brillant du jour !

Fille du créateur, ô femme incomparable,
Un mot, un mot de toi, de ta bouche adorable,
Me rend à tout jamais esclave de tes lois.
Combien doux à mon cœur est le son de ta voix !
Parle ! oh ! parle toujours, toi, l'âme de ma vie,
Redis-moi ce doux mot, de ta bouche chérie :
« Je t'aime ! » et je réponds : « Ange de volupté,
» Tout mon cœur dans ton cœur, à jamais veut se
fondre,
» Mon soufle avec le tien veut aussi se confondre
» Et nos âmes s'unir pour toute éternité ! »
Que sublime serait cet instant de délire ,
Si tes yeux dans mes yeux un instant pouvaient lire ;

Si tu pouvais sentir combien brûle d'amour,
Combien ton souvenir est présent chaque jour,
Chaque heure, chaque instant, à ce cœur tout de flamme;
Combien un mot de toi, ton seul regard, l'enflamme,
Tu prendrais en pitié ma cuisante douleur,
Et tu m'accorderais la vie et le bonheur !...

Sans toi, tout me paraît sous de tristes emblèmes ;
Sans toi, les plus beaux traits sont pour moi, pâles,
blêmes ;
Près de toi, je ne vois que toi, que ta beauté,
Que tes grands yeux d'azur. Tout mon être enchanté
Ne peut, en te voyant, du trouble qui l'agite
Maîtriser les transports... mais la rougeur subite
Qui rehausse l'éclat de ton teint; ce regard
Qu'humectent quelques pleurs, qui répandus sans art,
Font, sur tes jolis traits, ce que fait sur la rose
La rosée, au moment où n'étant rien qu'éclose,
Elle entr'ouve son cœur aux larmes du matin,
Fait renaître, en mon être, un espoir incertain.

Ah ! si tu veux m'aimer, superbe rose blanche,

Plus belle que l'amour, que notre humble pervenche,
Ange, ou femme, ou démon, je me livre à ta foi ;
Mais ne mets plus d'obstacle entre ton âme et moi !...

Mars 1842.

XVI.

O toi , de l'idéal le plus parfait modèle,
Femme toute d'amour, resplandissante et belle,
Que ne puis-je, à tes pieds, passer tous mes beaux jours,
Car hélas ! à ton nom, mon cœur pense toujours !

Il me souvient toujours de cette heure suprême
Où ton beau front, orné d'un simple diadème
Formé par tes cheveux, je ressentais ta voix
Faire vibrer mon cœur pour la première fois !

Il me souvient toujours de mon bonheur extrême
    Quand ta bouche parlait ;
Ah ! j'étais trop heureux ! tiens, je me souviens même
    Que l'angélus sonnait !

Le rossignol chantait... sa voix mélodieuse
Se mêlait doucement au lourd son du clocher...
A mon cœur tout ému, ta parole rieuse
Causait tant de bonheur, que je n'osais marcher !

Je voudrais, sur ton front, entremêler des roses
    Avec tes blonds cheveux ,
Et que nonchalemment sur mon cœur tu reposes,
    Et je serais heureux !

Mai 1842.

XVII.

A DES ANGES.

A DES ANGES.

—

Enfants, vous dont le cœur méconnaît la tristesse ;
Vous, à qui tout sourit dans ce temps d'allégresse ;
Vous qui cueillez les fleurs que caresse le vent ;
Vous tous, qui vous mirez dans les ondes d'argent
D'un modeste ruisseau, dont le leger murmure
Se mêle doucement aux chants de la nature ;
Vous, qui riez toujours, dansant sur le gazon,
Sans être tourmentés par la froide raison ;
Vous, dont les blonds cheveux vont en tresse jolie
Se perdre au gré du vent ; vous dont la main amie
Apporte chaque jour l'aumône au malheureux ;

Enfants, tous si gentils, vous êtes bien heureux !
Oh ! oui !... vous souriez, enfants aux blanches ailes...
Voulez-vous donc voler aux sphères éternelles
Sans avoir répandu votre essence en ce lieu ?...
Enfants !... oui, vous voulez la porter pure à Dieu !..

Avril 1842.

XVIII.

UN RÊVE.

A Mlle Anaïs D......

UN RÊVE.

—

Dans le délire heureux où sa voix enivrante
Avait laissé mon cœur, ivre encor de honheur,
Je songeais... je rêvais !... qu'elle était ravissante !
C'est ainsi que jadis, fille du créateur,
Ève était belle, alors qu'exempte de souillure
Elle semblait régir l'ordre de la nature ;
Plus belle qu'Ève encor, plus pure que le ciel,
Je croyais avoir vu le corps d'une belle ange ;
Car, son regard est doux, car, son cœur est sans fiel,
Son sourire est parfait, sa bouche d'un archange...
Sa parole découle aussi douce que miel,

Ses yeux charmants, brillant du reflet d'une étoile
Que nuage jamais n'a caché sous son voile...
Vous captivent d'abord, vous enchaînent toujours !
Oh ! femme , tout pour toi, tout, que n'ai-je la terre !
Que n'ai-je en mon pouvoir.... tout !... pour un peu
d'amour !

Tu verrais à tes pieds , amassés pour te plaire
L'univers et ses flots, ses palais et son or ;
Pour moi... rien !.. ton amour serait mon seul trésor !

Avril 1842.

XIX.

UNE LARME A MA SŒUR!!!

UNE LARME A MA SŒUR !!!

—

Ma sœur, ma pauvre sœur, je ne t'ai point connue,
Mais je bénis ton nom, comme ceux qui t'ont vue !
Toi, dont l'amour eut pu répandre dans mon cœur
Un baume consolant sur ma vive douleur ;
Tu dors d'un doux sommeil, dans le séjour céleste!
Moi... je pleure ta mort chaque jour qui me reste !

Quoi ! pas même un tombeau, même une simple croix,
Un buis béni, placé sur ta fosse sans voix !...
Qu'il m'est pénible, à moi, de pleurer, sans connaître
Celle après qui le sort trop fatal me fit naître !..

Ma sœur ! ce nom si doux me perce de douleur !...
Oui, j'ai rêvé souvent à cette heure suprême
Où, le front pur, orné du sacré diadème,
Ton âme s'envola, laissant là... le malheur...

Toi qui fais tant verser de pleurs à notre mère ,
T***, de ses jours, sois l'ange protecteur ;
Souviens-toi des tourments, des peines de ton père ;
Prie, oh ! prie le ciel de les rendre au bonheur !...

Oh ! qu'il me serait doux de pleurer sur ta tombe,
D'y converser tout bas, d'y placer tous les jours
Des fleurs, gage sacré d'un mystère qui tombe
Sous la fatalité qui me poursuit toujours...

Si j'avais pour prier, ta pierre tumulaire,
Ce serait pour mon cœur le plus beau sanctuaire;
Il me semblerait voir là ton regard si doux;
Ou t'entendre parler, pour nous consoler tous....

Mais, assis au hasard, dans ce lieu léthargique,
Je songe en soupirant à ce monde magique,
Tout rempli d'avenir sombre et mystérieux,
Ou d'un bonheur parfait qui se cache à nos yeux...

Je songe à cette mort qui, sévère, inflexible
Sans pitié vient trancher les plus précieux jours,
Comme le moisonneur tranche la fleur flexible
Qui, se mêlant aux blés, croyait vivre toujours !

Tu reposes, ma sœur, dans le sein de cet Être
Tout puissant, que nos yeux ne peuvent percevoir;
Il a repris tes jours... il en était le maître...
Je ne puis que prier, et te dire : au revoir !...

26 avril 1842.

XX.

A GEORGE SAND

Sur Lélia.

A GEORGE SAND

Sur *Lélia*.

—

A quoi donc croyais-tu ? femme sceptique, impie,
    Et dévote à la fois ?
Existe-t-il un cœur semblable ? Où donc ta vie
    Perdit-elle sa foi ?

Lélia dans les prés, sur les monts, dans la glace,
    Admire un créateur ;
Et puis dans les salons dorés, son cœur de glace
    Renie son auteur...

George, dans tes écrits, tu flétris l'espérance,
    Ce grand mot d'avenir ;
C'est pourtant le bonheur de cette adolescence
    Trop belle pour finir.

Tu rêvais en formant cette femme si belle
    Dans ton cerveau,
Georges, il te semblait te transformer en elle
    Sous ton pinceau !

L'idéal est pour toi tout rempli de chimères ;
    Et c'est là le bonheur !
Le mot qui charme tant le cœur de tant de mères
    Ne peut pas assombrir ton cœur !

George, de ta beauté ta fille est l'héritière
    Ainsi que d'un grand nom,
Ton cœur ne bat-il pas, dis? ton âme si fière
    N'idéalise pas ce tendre rejeton?

Oh! si, George, pour toi ce mot, de fait existe,
    Car tu vis d'idéal ;
Pourquoi donc ton beau front est-il soucieux, triste?
    C'est pour ce mot fatal...

Toi qui dépeins l'amour sous des couleurs si belles,
    Dans des pages de feu,
Pourquoi veux-tu bannir de nous ses étincelles
    Que tu prises si peu !

Laisse l'illusion à nos cœurs; à notre âge
    Nous pouvons espérer ;
Laisse au temps seul le soin de faire du ravage ;
    Nous voulons le braver !

Toi-même dis-le nous, parles-tu de franchise
    Quand tu parles de toi?
Femme, approuverais-tu toute pensée émise
    Dans ton roman, dis-moi?

Certes, dans le désert; au sommet des montagnes,
    Sur les glaçons
En extase, admirant la beauté des campagnes,
    Sur les vallons,

L'ame de tout humain peut voler sur les ailes
    De l'idéalité,
Mais aussi, s'arrêter aux vertus éternelles
    De la divinité.

Pourquoi veux-tu sonder tous ces profonds mystères,
    Être, de peu de foi?
Pourquoi veux-tu nier la foi de nos vieux pères,
    Lélia? car c'est toi...

George, pour ton enfant garde ton cœur de mère,
    Nourris-toi de bonheur ;
Cesse d'alimenter cette coupe éphémère,
    Pour ton malheur ;

Crois. Et avec l'amour reviendra l'espérance
    Et la sérénité,
Et tu vérras ton cœur rire avec assurance
    De la fatalité !

Georges ou Lélia, femme, ou plutôt mélange
    Du ciel et de l'enfer,
Parle toujours d'amour, mais ne sois plus un ange
    Au cœur d'or et de fer....

Du scepticisme affreux abandonne l'extase,
    Mieux vaut mourir d'amour
Que de vouloir chercher à dérouler la gaze
    Où l'on cherche toujours.

Novembre 1842.

TABLE.